KB068255

가슴속엔 조그만 사랑이

반짝이누나

가슴속엔 조그만 사랑이
반짝이누나

읽고 쓸수록
빛나는 그때,
그날의 사랑
시 ————

나태주 엮음

RHK
알에이치코리아

사랑의 시로
만나요

당신을 그냥 당신으로 만나서 고마워요.
다른 사람도 아니고 그냥 당신이어서 감사해요.
나는 당신이 산이 아니라도 좋았고
강물이나 꽃이 아니라 해도 좋았어요.

다만 내가 당신을 좋아했고
당신을 오래 그리워했기에
나의 세상은 더 반짝이는 세상이 되었고
아름다운 세상이 되었어요.

당신도 가끔 이런 나를 생각하시나요?

하늘의 구름을 보고 바람을 만나면

문득 나를 느끼기도 하시나요?

그리움과 사랑만이 오직 마음의 보석과 등불,

우리 그 등불을 앞세워 이 땅에서 오래 만나요.

사랑 가운데서도 사랑의 시로 만나요.

여기에 드리는 시가 바로 그런 시들이에요.

2018년 한여름,

나태주 씁니다.

작가의 말

차례

3장
사랑하는 마음
내게 있어도

1

예쁘지 않은 것을
예쁘게 보아주는 것이 사랑

달이 떴다고
전화를 주시다니요
—
김용택

달이 떴다고 전화를 주시다니요
이 밤 너무 신나고 근사해요
내 마음에도 생전 처음 보는
환한 달이 떠오르고
산 아래 작은 마을이 그려집니다
간절한 이 그리움들을,
사무쳐 오는 이 연정들을
달빛에 실어
당신께 보냅니다

세상에,
강변에 달빛이 곱다고
전화를 다 주시다니요
흐르는 물 어디쯤 눈부시게 부서지는 소리
문득 들려옵니다.

간절한 이 그리움들을,
사무쳐오는 이 연정들을
달빛에 실어
당신께 보냅니다

초상정사 草上靜思
—
이형기

풀밭에 호올로 눈을 감으면
아무래도 누구를
기다리는 것 같다

연못에 구름이 스쳐가듯이
언젠가는 내 가슴을 고이 스쳐간
서러운 그림자가 있었나 보다

마치 스스로의 더운 입김에
모란이 뚝뚝 져버리듯이
한없이 나를 울렸나 보다

누구였기에
누구였기에
아아 진정 누구였기에

풀밭에 호올로 눈을 감으면
어디선가 단 한 번 만난 사람을
아무래도 기다리고 있는 것 같다

아무도 모르라고

김동환

떡갈나무 숲 속에 졸졸졸 흐르는
아무도 모르는 샘물이길래
아무도 모르라고 도로 덮고 내려오지요,
나 혼자 마시곤 아무도 모르라고
도로 덮고 내려오는 이 기쁨이여.

바람 부는 날

박성룡

오늘따라 바람이
저렇게 쉴 새 없이 설레고만 있음은
오늘은 내가
내게 있는 모든 것을 여의고만 있음을
바람도 나와 함께 안다는 말일까.

풀잎에
나뭇가지에
들길에 마을에
가을날 잎들이 맑갛게 쏠리듯이
나는 오늘 그렇게 내게 있는 모든 것을
여의고만 있음을
바람도 나와 함께 안다는 말일까.

아 지금 바람이
저렇게 못 견디게 설레고만 있음은
오늘은 또 내가
내게 없는 모든 것을 되찾고 있음을
바람도 나와 함께 안다는 말일까.

꽃
—
김춘수

내가 그의 이름을 불러 주기 전에는
그는 다만
하나의 몸짓에 지나지 않았다.

내가 그의 이름을 불러 주었을 때
그는 나에게로 와서
꽃이 되었다.

내가 그의 이름을 불러 준 것처럼
나의 이 빛깔과 향기에 알맞는
누가 나의 이름을 불러다오
그에게로 가서 나도
그의 꽃이 되고 싶다.

우리들은 모두
무엇이 되고 싶다.
너는 나에게 나는 너에게
잊혀지지 않는 하나의 눈짓이 되고 싶다.

다시 사랑이

홍성란

사랑이 시작되는 걸 두려워하지 않으리

다시 외로워지는 걸 두려워하지 않으리

외딴섬 지독한 고독만이 어둠 속에 빛이어도

밀어닥치던 사랑이 나를 축복하고 떠나도

하얀 낙화 천천히 배경으로 물러나도 사랑이 시작되는 걸

두려워하지

않으리

내가 사랑하는 당신은

도종환

저녁 숲에 내리는 황금빛 노을이기보다는
구름 사이에 뜬 별이었음 좋겠어
내가 사랑하는 당신은
버드나무 실가지 가볍게 딛으며 오르는 만월이기보다는
동짓달 스무 날 빈 논길을 쓰다듬는 달빛이었음 싶어.

꽃분에 가꾼 국화의 우아함보다는
해가 뜨고 지는 일에 고개를 끄덕일 줄 아는 구절초이었음 해.
내 사랑하는 당신이 꽃이라면
꽃피우는 일이 곧 살아가는 일인
콩꽃 팥꽃이었음 좋겠어.

이 세상의 어느 한 계절 화사히 피었다
시들면 자취 없는 사랑 말고
저무는 들녘일수록 더욱 은은히 아름다운
억새풀처럼 늙어갈 순 없을까
바람 많은 가을 강가에 서로 어깨를 기댄 채

우리 서로 물이 되어 흐른다면
바위를 깎거나 갯벌 허무는 밀물 썰물보다는
물오리떼 쉬어가는 저녁 강물이었음 좋겠어
이렇게 손을 잡고 한세상을 흐르는 동안
갈대가 하늘로 크고 먼바다에 이르는 강물이었음 좋겠어.

연밥 따기 노래

—

허난설헌

가을날 깨끗한 긴 호수는
푸른 옥이 흐르는 듯 흘러
연꽃 수북한 곳에
작은 배를 매두었지요.

그대 만나려고
물 너머로 연밥을 던졌다가
멀리서 남에게 들켜
반나절이 부끄러웠답니다.

秋淨長湖碧玉流　荷花深處繫蘭舟
逢郞隔水投蓮子　或被人知半日羞
　　　　　　— 許蘭雪軒, 「採蓮曲」

시
이시영

화살 하나가 공중을 가르고 과녁에 박혀
전신을 떨 듯이
나는 나의 언어가
바람 속을 뚫고 누군가의 가슴에 닿아
마구 떨리면서 깊어졌으면 좋겠다
불씨처럼
아니 온몸의 사랑의 첫 발성처럼

사랑하는 별 하나

—

이성선

나도 별과 같은 사람이
될 수 있을까.
외로워 쳐다보면
눈 마주쳐 마음 비쳐주는
그런 사람이 될 수 있을까.

나도 꽃이 될 수 있을까.
세상 일이 괴로워 쓸쓸히 밖으로 나서는 날에
가슴에 화안히 안기어
눈물짓듯 웃어주는
하얀 들꽃이 될 수 있을까.
가슴에 사랑하는 별 하나를 갖고 싶다.

외로울 때 부르면 다가오는
별 하나를 갖고 싶다.

마음 어두운 밤 깊을수록
우러러 쳐다보면
반짝이는 그 맑은 눈빛으로 나를 씻어
길을 비추어주는
그런 사람 하나 갖고 싶다.

사랑법

강은교

떠나고 싶은 자
떠나게 하고
잠들고 싶은 자
잠들게 하고
그리고도 남는 시간은
침묵할 것

또는 꽃에 대하여
또는 하늘에 대하여
또는 무덤에 대하여
서둘지 말 것
침묵할 것

그대 살 속의
오래전에 굳은 날개와
흐르지 않는 강물과
누워 있는 누워 있는 구름
결코 잠깨지 않는 별을

쉽게 꿈꾸지 말고
쉽게 흐르지 말고
쉽게 꽃피지 말고
그러므로

실눈으로 볼 것
떠나고 싶은 자
홀로 떠나는 모습을
잠들고 싶은 자
홀로 잠드는 모습을

가장 큰 하늘은 언제나
그대 등 뒤에 있다

비단적삼

—

계생

취한 손님 와락
비단적삼 잡아당겨

그 손길 따라
비단적삼이 찢어졌어요.

비단적삼 한 벌이야
아까울 것 하나 없지만

비단옷 주신 이의 마음
끊어질까 그게 두려워요.

醉客執羅衫　羅衫隨手裂.
不惜一羅衫　但恐恩情絶.
— 李梅窓,「贈醉客」

저녁에

김광섭

저렇게 많은 별 중에서
별 하나가 나를 내려다본다.
이렇게 많은 사람 중에서
그 별 하나를 쳐다본다.

밤이 깊을수록
별은 밝음 속에 사라지고
나는 어둠 속에 사라진다.

이렇게 정다운
너 하나 나 하나는
어디서 무엇이 되어
다시 만나랴.

진달래 · 1

이은상

수집어 수집어서
다 못 타는 연분홍이
부끄러워 부끄러워
바위 틈에 숨어 피다
그나마
남이 볼세라
고대 지고 말더라

아름다운 사이

—

공광규

이쪽 나무와 저쪽 나무가
가지를 뻗어 손을 잡았어요
서로 그늘이 되지 않는 거리에서
잎과 꽃과 열매를 맺는 사이여요

서로 아름다운 거리여서
손톱을 세워 할퀴는 일도 없겠어요
손목을 비틀어 가지를 부러뜨리거나
서로 가두는 감옥이나 무덤이 되는 일도

이쪽에서 바람 불면
저쪽 나무가 버텨주는 거리
저쪽 나무가 쓰러질 때
이쪽 나무가 받쳐주는 사이 말이에요.

허둥대는 마음
___
나태주

네가 온다고 그러면
허둥대
왜 안 오지?
왜 안 오는 거지?
문밖으로 나갔다가
돌아왔다가 몇 번을
그렇게 해

네가 와 있는 시간 잠시
마음 편안해지다가
다시 허둥대기 시작해
왜 안 가지? 언제쯤 갈 건데?
아니 언제쯤 다시
만날 수 있을 건데?

언제나 네 앞에서는
허둥대는 마음
나도 모르겠어.

풀꽃 · 2
—
나태주

이름을 알고 나면 이웃이 되고
색깔을 알고 나면 친구가 되고
모양까지 알고 나면 연인이 된다
아, 이것은 비밀.

사람의 향기
―
나태주

좋은 술이 마실 때 좋고
깰 때 더욱 좋듯이

좋은 이웃은 만나서도 좋지만
헤어져서도 좋아라

어찌 사람의 향기가
없다 하리요

울 넘어 산을 넘어
길을 따라 강을 따라

멀리 있어도 그 숨결
가까운 사람아.

사랑에 답함
—
나태주

예쁘지 않은 것을 예쁘게
보아주는 것이 사랑이다

좋지 않은 것을 좋게
생각해주는 것이 사랑이다

싫은 것도 잘 참아주면서
처음만 그런 것이 아니라

나중까지 아주 나중까지
그렇게 하는 것이 사랑이다.

꽃 · 2
—
나태주

예뻐서가 아니다
잘나서가 아니다
많은 것을 가져서도 아니다
다만 너이기 때문에
네가 너이기 때문에
보고 싶은 것이고 사랑스런 것이고 안쓰러운 것이고
끝내 가슴에 못이 되어 박히는 것이다
이유는 없다
있다면 오직 한 가지
네가 너라는 사실!
네가 너이기 때문에
소중한 것이고 아름다운 것이고
사랑스런 것이고 가득한 것이다
꽃이여, 오래 그렇게 있거라.

오래 내 앞에

나태주

네가 자주 핸드폰 꺼내

핸드폰 뒤적거리며

누군가한테 문자 보내고

누군가한테서 온 문자를 읽고

그러는 게 자꾸만 신경 쓰였어

나하고 있으면서

딴 사람하고만 얘기하는 것 같아

마음이 복잡 뒤숭숭했어

그러나 이제는 괜찮아

핸드폰 문자 뒤적이는 것도 괜찮고

문자메시지 쓰다가 힐끔

쳐다보아주는 것도 귀엽고

옹다문 입술 심각한 눈썹까지 귀여워

모쪼록 그런 모습으로라도

오래 내 앞에 마주 있어주기 바래.

선물 가게

—

나태주

줄 사람도 만만치 않으면서
예쁜 물건만 보면 자꾸만
사고 싶어지는 마음.

새로운 별

나태주

마음이 살짝 기운다
왜 그럴까?
모퉁이께로 신경이 뻗는다
왜 그럴까?
그 부분에 새로운 별이 하나
생겼기 때문이다
아니다 저편 의자에
네가 살짝 와서 앉았기 때문이다
길고 치렁한 머리칼 검은 머리칼
다만 바람에 날려
네가 손을 들어 머리칼을
쓰다듬었을 뿐인데 말이야.

멀리서 빈다
—
나태주

어딘가 내가 모르는 곳에
보이지 않는 꽃처럼 웃고 있는
너 한 사람으로 하여 세상은
다시 한 번 눈부신 아침이 되고

어딘가 네가 모르는 곳에
보이지 않는 풀잎처럼 숨 쉬고 있는
나 한 사람으로 하여 세상은
다시 한 번 고요한 저녁이 온다

가을이다, 부디 아프지 마라.

못난이 인형

—

나태주

못나서 오히려 귀엽구나
작은 눈 찌푸러진 얼굴

애게게 금방이라도 울음보
터뜨릴 것 같네

그래도 사랑한다 애야
너를 사랑한다.

유월에

나태주

말없이 바라
보아주시는 것만으로도 나는
행복합니다

때때로 옆에 와
서 주시는 것만으로도 나는
따뜻합니다

산에 들에 하이얀 무찔레꽃
울타리에 덩굴장미
어우러져 피어나는 유월에

그대 눈길에
스치는 것만으로도 나는
황홀합니다

그대 생각 가슴속에
안개 되어 피어오름만으로도
나는 이렇게 가득합니다.

2

흔들리는 마음
자주 너에게 들키고

너를 기다리는 동안
—
황지우

네가 오기로 한 그 자리에
내가 미리 가 너를 기다리는 동안
다가오는 모든 발자국은
내 가슴에 쿵쿵거린다
바스락거리는 나뭇잎 하나도 다 내게 온다
기다려본 적이 있는 사람은 안다
세상에서 기다리는 일처럼 가슴 애리는 일 있을까
네가 오기로 한 그 자리, 내가 미리 와 있는 이곳에서
문을 열고 들어오는 모든 사람이
너였다가
너였다가, 너일 것이었다가
다시 문이 닫힌다

사랑하는 이여

오지 않는 너를 기다리며

마침내 나는 너에게 간다

아주 먼 데서 나는 너에게 가고

아주 오랜 세월을 다하여 너는 지금 오고 있다

아주 먼 데서 지금도 천천히 오고 있는 너를

너를 기다리는 동안 나도 가고 있다

남들이 열고 들어오는 문을 통해

내 가슴에 쿵쿵거리는 모든 발자국 따라

너를 기다리는 동안 나는 너에게 가고 있다.

편지

피천득

오늘도 강물에
띄웠어요

쓰기는 했건만
부칠 곳 없어

흐르는 물 위에
던졌어요

나룻배와 행인
한용운

나는 나룻배.
당신은 행인.

당신은 흙발로 나를 짓밟습니다.
나는 당신을 안고 물을 건너갑니다.
나는 당신을 안으면 깊으나 옅으나 급한 여울이나 건너갑니다.

만일 당신이 아니 오시면 나는 바람을 쐬고 눈비를 맞으며
밤에서 낮까지 당신을 기다리고 있습니다.
당신은 물만 건너면 나를 돌아보지도 않고 가십니다그려.
그러나 당신이 언제든지 오실 줄만은 알아요.
나는 당신을 기다리면서 날마다 날마다 낡아 갑니다.

나는 나룻배.
당신은 행인.

산버들
—
홍랑

산버들 가리고 가려서 꺾어
보냅니다 님의 손에

주무시는 창밖에 그 버들
심어두고 보십시오

만약 지난 밤비에
새싹 돋아난다면

그 수심 어린 새싹
나인가 여겨주소서.

우리가 눈발이라면

—

안도현

우리가 눈발이라면

허공에다 쭈뼛쭈뼛 흩날리는

진눈깨비는 되지 말자

세상이 바람 불고 춥고 어둡다 해도

사람이 사는 마을

가장 낮은 곳으로

따뜻한 함박눈이 되어 내리자

우리가 눈발이라면

잠 못 든 이의 창문가에서는

편지가 되고

그이의 깊고 붉은 상처 위에 돋는

새 살이 되자

우산이 되어

이해인

우산도 받지 않은
쓸쓸한 사랑이
문밖에 울고 있다

누구의 설움이
비 되어 오나
피해도 젖어오는
무수한 빗방울

땅 위에 떨어지는
구름의 선물로 죄를 씻고 싶은
비 오는 날은 젖은 사랑

수많은 나의 너와
젖은 손 악수하며
이 세상 큰 거리를
한없이 쏘다니리

우산을 펴주고 싶어
누구에게나
우산이 되리
모두를 위해

역驛
—
한성기

푸른 불 시그널이 꿈처럼 어리는
거기 조그마한 역이 있다

빈 대합실에는
의지할 의자 하나 없고

이따금
급행열차가 어지럽게 경적을 울리며
지나간다

눈이 오고
비가 오고……

아득한 선로 위에
없는 듯 있는 듯
거기 조그마한 역처럼 내가 있다.

연서
—
프란체스카 도너 리

이 세상에서 당신을 사랑하는 사람이
백 사람이 있다면
그 중에 한 사람은 나입니다.

이 세상에서 당신을 사랑하는 사람이
열 사람이 있다면
그 중에 한 사람은 나입니다.

이 세상에서 당신을 사랑하는 사람이
한 사람밖에 없다면
그 한 사람은 바로 나입니다.

이 세상에서 당신을 사랑하는 사람이
한 사람도 없다면
그건 내가 이 세상에 없기 때문입니다.

그대에게 가고 싶다

안도현

해 뜨는 아침에는
나도 맑은 사람이 되어
그대에게 가고 싶다
그대 보고 싶은 마음 때문에
밤새 퍼부어대던 눈발 그치고
오늘은 하늘도 맨 처음인 듯 열리는 날
나도 금방 헹구어낸 햇살이 되어
그대에게 가고 싶다
그대 창가에 오랜만에 볕이 들거든
긴 밤 어둠 속에서 캄캄하게 띄워 보낸
내 그리움으로 여겨다오
사랑에 빠진 사람보다 더 행복한 사람은
그리움으로 하나로 무장무장
가슴이 타는 사람 아니냐

진정 내가 그대를 생각하는 만큼
새날이 밝아오고
진정 내가 그대 가까이 다가가는 만큼

이 세상이 아름다워질 수 있다면
그리하여 마침내 그대와 내가
하나되어 우리라고 이름 부를 수 있는
그날이 온다면
봄이 올 때까지는 저 들에 쌓인 눈이
우리를 덮어줄 따스한 이불이라는 것도
나는 잊지 않으리

사랑이란
또 다른 길을 찾아 두리번거리지 않고
그리고 혼자서는 가지 않는 것
지치고 상처입고 구멍난 삶을 데리고
그대에게 가고 싶다
우리가 함께 만들어야 할 신천지
우리가 더불어 세워야 할 나라
사시사철 푸른 풀밭으로 불러다오
나도 한 마리 튼튼하고 착한 양이 되어
그대에게 가고 싶다

지상의 한 사람
—
권달웅

지상의 한 사람인

그대 생각하면

저 아득한 하늘에서

무수한 꽃잎이

눈송이처럼 흩날리고

지상의 한사람인

그대 생각하면

저 먼 바다에서

외로운 섬과 섬이

서로 이어지는

길이 보인다

멀수록 더 가까이서

출렁이는 사랑이여,

바다를 건너가는 이 밤은

그대를 만나 내가 쓰러진다

선천성 그리움

함민복

사람 그리워 당신을 품에 안았더니
당신의 심장은 나의 오른쪽 가슴에서 뛰고
끝내 심장을 포갤 수 없는
우리 선천성 그리움이여
하늘과 땅 사이를
날아오르는 새떼여
내리치는 번개여

내 마음을 아실 이

김영랑

내 마음을 아실 이
내 혼자 마음 날같이 아실 이
그래도 어데나 계실 것이면

내 마음에 때때로 어리우는 티끌과
속임 없는 눈물의 간곡한 방울방울
푸른 밤 고이 맺는 이슬 같은 보람을
보낸 듯 감추었다 내어드리지

아! 그립다
내 혼자 마음 날같이 아실 이
꿈에나 아득히 보이는가

향 맑은 옥돌에 불이 달아
사랑은 타기도 하오련만
불빛에 연긴 듯 희미론 마음은
사랑도 모르리, 내 혼자 마음은.

사랑

___

김수영

어둠 속에서도 불빛 속에서도 변치 않는
사랑을 배웠다 너로 해서

그러나 너의 얼굴은
어둠에서 불빛으로 넘어가는
그 찰나에 꺼졌다 살아났다
너의 얼굴은 그만큼 불안하다

번개처럼
번개처럼
금이 간 너의 얼굴은

희망을 위하여
—
곽재구

너를 사랑한다고 말할 수 있다면
굳게 껴안은 두 팔을 놓지 않으리
너를 향하는 뜨거운 마음이
두터운 네 등 위에 내려앉는
겨울날의 송이눈처럼 너를 포근하게
감싸 껴안을 수 있다면
너를 생각하는 마음이 더욱 깊어져
네 곁에 누울 수 없는 내 마음조차 더욱
편안하여 어머니의 무릎잠처럼
고요하게 나를 누일 수 있다면

그러니 결코 잠들지 않으리
두 눈을 뜨고 어둠 속을 질러오는
한세상의 슬픔을 보리
네게로 가는 마음의 길이 굽어져
오늘은 그 끝이 보이지 않더라도
네게로 가는 불빛 잃은 발걸음들이
어두워진 들판을 이리의 목소리로 울부짖을지라도
너를 사랑한다고 말할 수 있다면
굳게 껴안은 두 손을 풀지 않으리.

첫사랑 그 사람은
—
박재삼

첫사랑 그 사람은
입 맞춘 다음엔
고개를 못 들었네
나도 딴 곳을 보고 있었네

비단올 머리칼
하늘 속에 살랑살랑
햇미역 냄새를 흘리고,
그 냄새 어느덧
마음 아파라
내 손에도 묻어 있었네

오, 부끄러움이여, 몸부림이여,
골짜기에서 흘려보내는
실개천을 보아라,
물비늘 쓴 채 물살은 울고 있고,
우는 물살 따라
달빛도 포개어진 채 울고 있었네.

꿈속의 넋
—
이옥봉

요사이 그대
어찌 지내시는지요?

달 밝은 창가에
그대 생각 많이 힘들어요

그대 찾는 꿈속 나의 넋이
자취를 남긴다면

그대 집 앞 돌길은
아마도 모래가 되었을 거예요

近來安否問如何　月到紗窓妾恨多
若使夢魂行有跡　門前石路半成沙
— 李玉峯, 「夢魂」

알 수 없어요
—
한용운

바람도 없는 공중에 수직의 파문을 내이며, 고요히 떨어지는 오동잎은 누구의 발자취입니까.

지리한 장마 끝에 서풍에 몰려가는 무서운 검은 구름의 터진 틈으로, 언뜻 언뜻 보이는 푸른 하늘은 누구의 얼굴입니까.

꽃도 없는 길은 나무에 푸른 이끼를 거쳐서, 옛 탑 위의 고요한 하늘을 스치는 알 수 없는 향기는 누구의 입김입니까.

근원은 알지도 못할 곳에서 나서, 돌부리를 울리고 가늘게 흐르는 작은 시내는 굽이굽이 누구의 노래입니까.

연꽃 같은 발꿈치로 가이없는 바다를 밟고, 옥 같은 손으로 끝없는 하늘을 만지면서, 떨어지는 날을 곱게 단장하는 저녁놀은 누구의 시입니까.

타고 남은 재가 다시 기름이 됩니다. 그칠 줄을 모르고 타는 나의 가슴은 누구의 밤을 지키는 약한 등불입니까.

안방에서
—
이옥봉

약속해 놓고
왜 아니 오시나요

뜨락의 매화
꽃이 지려 합니다

문득 나뭇가지
소스라친 까치소리

부질없이 거울 속에
눈썹만 그립니다.

有約來何晚　庭梅欲謝時
忽聞枝上鵲　虛畵鏡中眉
— 李玉峯, 「閨情」

상사화

구재기

내 너를 사랑하는 것은
너와는 전혀 무관한 일이다

지나는 바람과 마주하여
나뭇잎 하나 흔들리고
네 보이지 않는 모습에
내 가슴 온통 흔들리어
네 또한 흔들리리라는 착각에
오늘도 나는 너를 생각할 뿐

정말로 내가 널 사랑하는 것은
내 가슴 속의 날 지우는 일이다.

미루나무 숲길

나태주

미루나무 숲길에 키가 큰 바람 불면
키가 큰 그리움 따라와 서성거리고
나도 또한 그 길에 나가 서성였다네
사랑하고 있어요 사랑하고 있어요
누군가의 목소리 혼자 들었네

하늘 맑고 햇빛 밝은 그런 날이면
저 혼자 노래하며 길 떠나는 한 마음 있어
같이 가자 부르면서 따라 갔었네
잊지 말아 주세요 잊지 말아 주세요
누군가의 목소리 맴을 돌았네.

겨울밤

나태주

향은 좀 더 먼 곳으로부터
아름다움은 좀 더 가슴 속으로부터

촛불을 밝히면
조금씩 방안의 어둠이 밀려가듯이

찰랑찰랑 치마 아래
새하얀 버선목이 눈부시듯이

사랑은 좀 더 아득하게
눈웃음은 좀 더 은은하게

풀잎에 맑고 맑은 이슬
맺혀 있듯이

저고리 밑에 복주머니 달랑달랑
매달려서 흔들리듯이.

개양귀비
―
나태주

생각은 언제나 빠르고
각성은 언제나 느려

그렇게 하루나 이틀
가슴에 핏물이 고여

흔들리는 마음 자주
너에게 들키고

너에게로 향하는 눈빛 자주
사람들한테도 들킨다.

너 보고 싶어
—
나태주

창문 여니 맑은 하늘
뭐가 보이니?

나뭇잎을 흔들고 가는 바람
하늘 위에 흐린 구름 몇 송이

너 보고 싶어 내가 보낸
내 마음의 자취 한 자락이야

멀리서도 들리는 새 울음소리
일찍 찾아와서 우는 여름의 철새

너 보고 싶어 내가 보낸
그건 내 마음의 소식, 들어나다오.

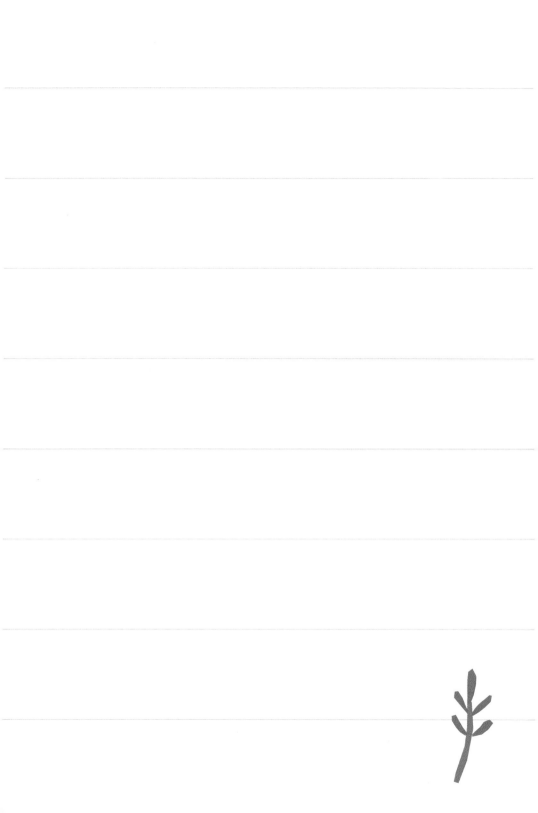

배꽃 지다
—
나태주

여기도 하얀 구름 저기도 하얀 구름
눈이 부셔 어디에도 눈 돌릴 곳 하나 없네
얼결에 너무 좋아서 내지르는 소리, 소리!

꽃 좀 봐 배꽃 좀 봐 내 배꼽 좀 보아요
배꽃을 배꼽이라 잘못하여 소리 낸 뒤
까르르 나뭇가지에 새 꽃으로 피어나네

올해도 만났군요 꽃이 되어 오셨군요
소식 없이 왔다가 자취 없이 가는 당신
나 또한 당신 앞에선 꽃으로 지고 싶어.

마지막 기도
—
나태주

더 이상 그를
사랑하지 않게 해주십시오
사랑하는 마음이 언젠가
미움의 마음으로 변할까 걱정입니다

어떤 경우에도 그를
미워하지 않게 해주십시오
그를 사랑했던 마음
오래 오래 후회될까 봐 걱정입니다.

사랑은 혼자서

—
나태주

사랑은 여럿이가 아니라
혼자서 쓸쓸한 생각
저무는 저녁 해
그리고 깜깜한 어둠

사랑은 둘이서가 아니라
혼자서 푸르른 산맥
흐르는 시내
그리고 풀벌레 울음

사랑은 너와 함께가 아니라
혼자서 이루는 약속
머나먼 내일
그리고 이별과 망각.

3

사랑하는 마음

내게 있어도

개여울

—

김소월

당신은 무슨 일로
그리합니까?
홀로이 개여울에 주저앉아서

파릇한 풀포기가
돋아나오고
잔물은 봄바람에 헤적일 때에

가도 아주 가지는
않노라시던
그러한 약속이 있었겠지요

날마다 개여울에
나와 앉아서
하염없이 무엇을 생각합니다

가도 아주 가지는
않노라심은
굳이 잊지 말라는 부탁인지요.

너를 위하여
—
김남조

나의 밤기도는
길고
한 가지 말만 되풀이한다

가만히 눈뜨는 건
믿을 수 없을 만치의
축원

갓 피어난 빛으로만
속속들이 채워 넘친 환한 영혼의
내 사람아

쓸쓸히
검은 머리 풀고 누워도
이적지 못 가져 본
너그러운 사랑

너를 위하여
나 살거니
소중한 건 무엇이나 너에게 주마
이미 준 것은
잊어버리고
못다 준 사랑만을 기억하리라
나의 사람아

눈이 내리는
먼 하늘에
달무리 보듯 너를 본다

오직 너를 위하여
모든 것에 이름이 있고
기쁨이 있단다
나의 사람아

낙화

—

이형기

가야 할 때가 언제인가를
분명히 알고 가는 이의
뒷모습은 얼마나 아름다운가.

봄 한철
격정을 인내한
나의 사랑은 지고 있다.

분분한 낙화…
결별이 이룩하는 축복에 싸여
지금은 가야 할 때,

무성한 녹음과 그리고
머지않아 열매 맺는
가을을 향하여
나의 청춘은 꽃답게 죽는다.

헤어지자
섬세한 손길을 흔들며
하롱하롱 꽃잎이 지는 어느 날

나의 사랑, 나의 결별
샘터에 물 고인듯 성숙하는
내 영혼의 슬픈 눈.

호수
정지용

1
얼굴 하나야
손바닥 둘로
폭 가리지만,

보고픈 마음
호수만 하니
눈 감을밖에.

2
오리 모가지는
호수를 감는다.

오리 모가지는
자꾸 간지러워.

별리
—
박용래

노을 속에 손을 들고 있었다, 도라짓빛.
— 그리고 아무 말도 없었다.
손끝에 방울새는 울고 있었다.

민들레

이해인

밤낮으로 틀림없이
당신만 가리키는
노란 꽃시계

이제는 죽어서
날개를 달았어요

당신 목소리로 가득 찬 세상
어디나 떠다니며 살고 싶어서
당신이 사랑하는 모든 사랑
나도 사랑하며 살고 싶어서

바람을 보면

언제나
가슴이 뛰었어요

주신 말씀
하얗게 풀어내며
당신 아닌 모든 것
버리고 싶어

당신과 함께 죽어서
날개를 달았어요.

눈 오는 지도
—
윤동주

　순이가 떠난다는 아침에 말 못할 마음으로 함박눈이 내려, 슬픈 것처럼 창밖에 아득히 깔린 지도 위에 덮인다.

　방 안을 돌아다보아야 아무도 없다. 벽과 천장이 하얗다. 방안에까지 눈이 내리는 것일까. 정말 너는 잃어버린 역사처럼 홀홀이 가는 것이냐, 떠나기 전에 일러둘 말이 있던 것을 편지를 써서도 네가 가는 곳을 몰라 어느 거리, 어느 마을, 어느 지붕 밑, 너는 내 마음속에만 남아 있는 것이냐, 네 쪼그만 발자국을 눈이 자꾸 내려 덮여 따라 갈 수도 없다. 눈이 녹으면 남은 발자국 자리마다 꽃이 피리니 꽃 사이로 발자국을 찾아 나서면 일 년 열두 달 하냥 내 마음에는 눈이 내리리라.

이별노래

정호승

떠나는 그대
조금만 더 늦게 떠나준다면
그대 떠난 뒤에도 내 그대를
사랑하기에 아직 늦지 않으리

그대 떠나는 곳
내 먼저 떠나가서
그대의 뒷모습에 깔리는
노을이 되리니

옷깃을 여미고 어둠 속에서
사람의 집들이 어두워지면
내 그대 위해 노래하는
별이 되리니

떠나는 그대
조금만 더 늦게 떠나준다면
그대 떠난 뒤에도 내 그대를
사랑하기에 아직 늦지 않으리

더딘 사랑

이정록

돌부처는
눈 한 번 감았다 뜨면 모래무덤이 된다
눈 깜짝할 사이도 없다

그대여
모든 게 순간이었다고 말하지 마라
달은 윙크 한 번 하는데 한 달이나 걸린다

모란이 피기까지는
—
김영랑

모란이 피기까지는

나는 아직 나의 봄을 기둘리고 있을 테요

모란이 뚝뚝 떨어져버린 날

나는 비로소 봄을 여읜 설움에 잠길 테요

오월 어느날 그 하루 무덥던 날

떨어져 누운 꽃잎마저 시들어버리고는

천지에 모란은 자취도 없어지고

뻗쳐오르던 내 보람 서운케 무너졌느니

모란이 지고 말면 그뿐 내 한 해는 다 가고 말아

삼백 예순 날 하냥 섭섭해 우옵네다

모란이 피기까지는

나는 아직 기다리고 있을 테요 찬란한 슬픔의 봄을

길

—

김기림

나의 소년 시절은 은빛 바다가 엿보이는 그 긴 언덕길을 어머니의 상여와 함께 꼬부라져 돌아갔다.

내 첫사랑도 그 길 위에서 조약돌처럼 집었다가 조약돌처럼 잃어버렸다.

그래서 나는 푸른 하늘빛에 혼자 때없이 그 길을 넘어 강가로 내려갔다가도 노을에 함북 젖어서 돌아오곤 했다.

그 강가에는 봄이, 여름이, 가을이, 겨울이 나의 나이와 함께 여러 번 댕겨갔다. 까마귀도 날아가고 두루미도 떠나간 다음에는 누런 모래둔과 그리고 어두운 내 마음이 남아서 몸서리쳤다. 그런 날은 항용 감기를 만나서 돌아와 앓았다.

할아버지도 언제 난 지를 모른다는 마을 밖 그 늙은 버드나무 밑에서 나는 지금도 돌아오지 않는 어머니, 돌아오지 않는 계집애, 돌아오지 않는 이야기가 돌아올 것만 같아 멍하니 기다려 본다. 그러면 어느새 어둠이 기어와서 내 뺨의 얼룩을 씻어준다.

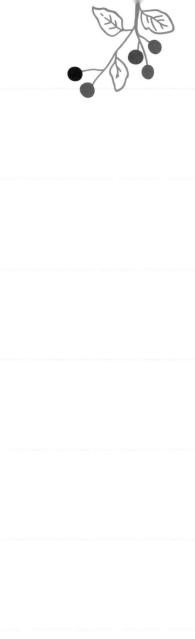

공후인
여옥

임이여
그 강물을 건너지 마소서

그런데도 당신은 끝내 강물을
건너고 말으셨군요

당신 그만 강물에
몸을 던져 세상을 떠나고 말았으니

아, 나는 임 없는 이 세상
어찌 살란 말입니까!

公無渡河 公竟渡河

墮河而死 公將奈何

— 古朝鮮 麗玉, 「箜篌引」

대동강 이별

—

정지상

비 개이자 긴 둑에
봄풀이 푸르고요

그대와 헤어지는 남쪽 포구엔
슬픈 마음 북이 웁니다

도대체 대동강 물은
언제쯤 마를 것인가

이별의 눈물은 흘러넘쳐
날이 갈수록 푸른 물결만 보탭니다.

雨歇長提草色多　送君南浦動悲歌
大同江水何時盡　別淚年年添綠波
— 鄭知常,「送人」

귀촉도

서정주

눈물 아롱아롱
피리 불고 가신 님의 밟으신 길은
진달래꽃비 오는 서역 삼만리.
흰 옷깃 여며 여며 가옵신 님의
다시 오진 못하는 파촉 삼만리.

신이나 삼어줄 걸 슬픈 사연의
올올이 아로새긴 육날 메투리.
은장도 푸른 날로 이냥 베어서
부질없는 이 머리털 엮어 드릴 걸.

초롱에 불빛, 지친 밤하늘
구비구비 은핫물 목이 젖은 새,
차마 아니 솟는 가락 눈이 감겨서
제 피에 취한 새가 귀촉도 운다.
그대 하늘 끝 호올로 가신 님아.

원시 遠視

오세영

멀리 있는 것은
아름답다.
무지개나, 별이나, 벼랑에 피는 꽃이나
멀리 있는 것은
손에 닿을 수 없는 까닭에
아름답다.
사랑하는 사람아,
이별을 서러워하지 마라,
내 나이의 이별이란
헤어지는 일이 아니라 단지
멀어지는 일일 뿐이다.
네가 보낸 마지막 편지를 읽기 위해선
이제 돋보기가 필요한 나이,
늙는다는 것은
사랑하는 사람을 멀리 보낸다는
것이다.
머얼리서 바라다볼 줄을
안다는 것이다.

부용산
—
박기동

부용산 오리 길에 잔디만 푸르러 푸르러
솔밭 사이사이로 회오리바람 타고
간다는 말 한 마디 없이 너는 가고 말았구나
피어나지 못한 채 병든 장미는 시들어지고
부용산 봉우리에 하늘만 푸르러 푸르러

그리움 강이 되어 내 가슴 맴돌아 흐르고
재를 넘는 석양은 저만치 홀로 섰네
백합일시 그 향기롭던 너의 꿈은 간 데 없고
돌아서지 못한 채 나 외로이 예 서 있으니
부용산 저 멀리엔 하늘만 푸르러 푸르러

작은 짐승

신석정

란이와 나는
산에서 바다를 바라다보는 것이 좋았다
밤나무
소나무
참나무
느티나무
다문다문 선 사이사이로 바다는 하늘보다 푸르렀다

란이와 나는
작은 짐승처럼 앉아서 바다를 바라다보는 것이 좋았다
짐승같이 말없이 앉아서
바다같이 말없이 앉아서
바다를 바라다보는 것은 기쁜 일이었다
란이와 내가

푸른 바다를 향하고 구름이 자꾸만 놓아가는
붉은 산호와 흰 대리석 층층계를 거닐며
물오리처럼 떠다니는 청자기빛 섬을 어루만질 때
떨리는 심장같이 자지러지게 흩날리는 느티나무 잎새가
란이의 머리칼에 매달리는 것을 나는 보았다

란이와 나는
역시 느티나무 아래에 말없이 앉아서
바다를 바라다보는 순하디순한 작은 짐승이었다

꿈에 광상산에 노닐다
—
허난설헌

푸른 바닷물이 구슬 바다를 넘나들고
파란 난새가 채색 난새와 어울렸구나.
부용꽃 스물일곱 송이 붉게 떨어지니
달빛 서리 위에서 차갑기만 하여라.

碧海侵瑤海　青鸞倚彩鸞

芙蓉三九朶　紅墮月霜寒

— 許蘭雪軒,「夢遊廣桑山」

해변

——

나태주

으스스 차운
동백꽃 숲에

하루 종일 휘도는
비비새 울음

곁눈질해 곁눈질해
그대 마음 읽었건만

끝내 아무것도 보이지 않고
들리지 않고

피를 문 듯 붉은 입술
동백꽃잎 붉은 입술

부르르 더욱 파래진
바다의 속살.

꽃잎 아래

—

나태주

같은 말을 되풀이하고
또 되풀이하고 있다

꽃이 지고 있다고
꽃잎이 날리고 있다고
비단옷깃에 바람이 날리고 있다고

가지 말라고
조금만 더 있다가 가라고

사랑한다고
사랑했다고
앞으로도 사랑할 것이라고…….

내가 너를

나태주

내가 너를
얼마나 좋아하는지
너는 몰라도 된다

너를 좋아하는 마음은
오로지 나의 것이요,
나의 그리움은
나 혼자만의 것으로도
차고 넘치니까……

나는 이제
너 없이도 너를
좋아할 수 있다.

소곡

—

나태주

철쭉꽃
피고

제비
날고

가시내는
울고

보리밭은
푸르고…….

배꽃 달밤

—

나태주

배꽃 질 땐 미쳤지요 나무 아래 미쳤지요
한잔 술에 취한 그대 헤어지자 울먹이고
달밤에 눈인 양 배꽃 흩날리던 달밤에.

가을 서한·2
나태주

1

당신도 쉽사리 건져주지 못할 슬픔이라면
해질녘 바닷가에 나와 서 있겠습니다.
금방 등 돌리며 이별하는 햇볕들을 만나기 위하여.
그 햇볕들과 두 번째의 이별을 갖기 위하여.

2

눈 한 번 감았다 뜰 때마다
한 겹씩 옷을 벗고 나서는 구름,
멀리 웃고만 계신 당신 옆모습이랄까?
손 안 닿을 만큼 멀리 빛나는 슬픔의 높이.

3
아무의 뜨락에도 들어서 보지 못하고
아무의 들판에서 쉬지도 못하고
기웃기웃 여기 다다랐습니다.
고개 들어 우러르면 하늘, 당신의 이마.

4
호오, 유리창 위에 입김 모으고
그 사람 이름 썼다 이내 지우는
황홀하고도 슬픈 어리석음이여,
혹시 누구 알 이 있을까 몰라……

섬
—
나태주

너와 나
손잡고 눈 감고 왔던 길

이미 내 옆에 네가 없으니
어찌할까?

돌아가는 길 몰라 여기
나 혼자 울고만 있네.

가을밤

나태주

너 없이 나 어찌 살꼬?

나무에서 나뭇잎
밤을 새워 내려앉는데

나 없이 너 어찌 살꼬?

밤을 새워 별들은
더욱 멀리 빛이 나는데.

사랑하는 마음 내게 있어도
—
나태주

사랑하는 마음
내게 있어도
사랑한다는 말
차마 건네지 못하고 삽니다
사랑한다는 그 말 끝까지
감당할 수 없기 때문

모진 마음
내게 있어도
모진 말
차마 하지 못하고 삽니다
나도 모진 말 남들한테 들으면
오래오래 잊혀지지 않기 때문

외롭고 슬픈 마음
내게 있어도
외롭고 슬프다는 말
차마 하지 못하고 삽니다
외롭고 슬픈 말 남들한테 들으면
나도 덩달아 외롭고 슬퍼지기 때문

사랑하는 마음을 아끼며
삽니다
모진 마음을 달래며
삽니다
될수록 외롭고 슬픈 마음을
숨기며 삽니다.

대숲 아래서
—
나태주

1
바람은 구름을 몰고
구름은 생각을 몰고
다시 생각은 대숲을 몰고
대숲 아래 내 마음은 낙엽을 몬다.

2
밤새도록 댓잎에 별빛 어리듯
그슬린 등피에는 네 얼굴이 어리고
밤 깊어 대숲에는 후둑이다 가는 밤 소나기 소리.
그리고도 간간이 사운대다 가는 밤바람 소리.

3
어제는 보고 싶다 편지 쓰고
어젯밤 꿈엔 너를 만나 쓰러져 울었다.
자고 나니 눈두덩엔 메마른 눈물자죽,
문을 여니 산골엔 실비단 안개.

4
모두가 내 것만은 아닌 가을,
해 지는 서녘구름만이 내 차지다.
동구 밖에 떠드는 애들의
소리만이 내 차지다.
또한 동구 밖에서부터 피어오르는
밤안개만이 내 차지다.

하기는 모두가 내 것만은 아닌 것도 아닌
이 가을,
저녁밥 일찍이 먹고
우물가에 산보 나온
달님만이 내 차지다.
물에 빠져 머리칼 헹구는
달님만이 내 차지다.

나무

—

나태주

너의 허락도 없이
너에게 너무 많은 마음을
주어버리고
너에게 너무 많은 마음을
뺏겨버리고
그마음 거두어 들이지 못하고
바람 부는 들판 끝에 서서
나는 오늘도 이렇게 슬퍼하고 있다
나무 되어 울고 있다.

4

혼자서도 노래하고 싶은
밤입니다

민들레꽃

조지훈

까닭 없이 마음 외로울 때는
노오란 민들레꽃 한 송이도
애처럽게 그리워지는데

아 얼마나한 위로이랴
소리쳐 부를 수도 없는 이 아득한 거리에
그대 조용히 나를 찾아 오느니

사랑한다는 말 이 한마디는
내 이 세상 온전히 떠난 뒤에 남을 것

잊어버린다. 못 잊어 차라리 병이 되어도
아 얼마나한 위로이랴
그대 맑은 눈을 들어 나를 보느니.

오월의 사랑
—
송수권

누이야 너는 그렇게는 생각되지 않는가
오월의 저 밝은 산색이 청자를 만들고 백자를 만들고
저 나직한 능선들이 그 항아리의 부드러운 선들을 만들었다고는
생각되지 않는가
그렇다면 누이야 너 또한 사랑하지 않을 것인가
네 사는 마을 저 떠도는 흰구름들과 앞산을 깨우는
신록들의 연한 빛과 밝은 빛 하나로 넘쳐흐르는 강물을
너 또한 사랑하지 않을 것인가
푸른 새매 한 마리가 하늘 속을 곤두박질하며 지우는
이 소리 없는 선들을, 환한 대낮의 정적 속에
물밀듯 터져오는 이 화녕끼 같은 사랑을
그러한 날 누이야, 수틀 속에 헛발을 딛어
치맛말을 풀어 흘린 춘향이의 열두 시름 간장이
우리네 산에 들에 언덕에 있음직한 그 풀꽃 같은 사랑 이야기가
절로는 신들린 가락으로 넘쳐흐르지 않겠는가
저 월매의 기와집 네 추녀 끝이 허공에 나뜨는 날.

내 영원은

서정주

내 영원은
물빛
라일락의
빛과 향의 길이로라

가다가단
후미진 구렁이 있어
소학교 때 내 여선생님의
키만큼한 구렁이 있어
이쁜 여선생님의 키만큼 한 구렁이 있어

내려가선 혼자 호젓이 앉아
이마에 솟은 땀도 들이는

물빛
라일락의
빛과 향의 길이로라
내 영원은.

떠나는 사람에게
—
최경창

고운 뺨에 주루룩
두 줄기 눈물

비단옷에 말을 타고
서울 성 밖 떠날 때

새벽 꾀꼬리도 미리 알아
이별의 슬픔 울어주고요

우거진 풀숲 쓸쓸히 소리내며
머나먼 길 잘 가라 손짓합니다.

玉頰雙啼出鳳城 曉鶯千囀爲離情
羅衫寶馬河關外 草色迢迢送獨行
— 崔慶昌, 「送別」

가난한 사랑노래
이웃의 한 젊은이를 위하여

—

신경림

가난하다고 해서 외로움을 모르겠는가
너와 헤어져 돌아오는
눈 쌓인 골목길에 새파랗게 달빛이 쏟아지는데.
가난하다고 해서 두려움이 없겠는가
두 점을 치는 소리
방범대원의 호각소리 메밀묵 사려 소리에
눈을 뜨면 멀리 육중한 기계 굴러가는 소리
가난하다고 해서 그리움을 버렸겠는가
어머님 보고 싶소 수없이 뇌어보지만
집 뒤 감나무에 까치밥으로 하나 남았을
새빨간 감 바람소리도 그려보지만.
가난하다고 해서 사랑을 모르겠는가
내 볼에 와 닿던 네 입술의 뜨거움
사랑한다고 사랑한다고 속삭이던 네 숨결
돌아서는 내 등뒤에 터지는 네 울음.
가난하다고 해서 왜 모르겠는가
가난하기 때문에 이것들을
이 모든 것들을 버려야 한다는 것을.

달무리지면

피천득

달무리지면
이튿날 아침에 비 온다더니
그 말이 맞아서 비가 왔네

눈 오는 꿈을 꾸면
이듬해 봄에는 오신다더니
그 말은 안 맞고 꽃이 지네

정읍사 井邑詞
—
백제 여인

달님이시여
달님이시여
높이 높이 돋으시어
멀리 멀리 비춰주옵소서

우리 서방님 지금
시장에 가 계신지요?
허방지방 서둘다
진 곳을 디딜까 걱정입니다
부디 말씀 좀 전해주셔요
어디 것이든 놓고서 돌아오십사고

달님이시여
달님이시여
높이 높이 돋으시어
멀리 멀리 비춰주옵소서.

그리움 · 1

유치환

오늘은 바람이 불고
나의 마음은 울고 있다.
일찍이 너와 거닐고 바라보던 그 하늘 아래 거리언마는
아무리 찾으려도 없는 얼굴이여.
바람 센 오늘은 더욱 너 그리워
긴종일 헛되이 나의 마음은
공중의 깃발처럼 울고만 있나니
오오 너는 어디메 꽃같이 숨었느뇨.

질투는 나의 힘

기형도

아주 오랜 세월이 흐른 뒤에
힘없는 책갈피는 이 종이를 떨어뜨리리
그때 내 마음은 너무나 많은 공장을 세웠으니
어리석게도 그토록 기록할 것이 많았구나
구름 밑을 천천히 쏘다니는 개처럼
지칠 줄 모르고 공중에서 머뭇거렸구나
나 가진 것 탄식밖에 없어
저녁 거리마다 물끄러미 청춘을 세워두고
살아온 날들을 신기하게 세어보았으니
그 누구도 나를 두려워하지 않았으니
내 희망의 내용은 질투뿐이었구나
그리하여 나는 우선 여기에 짧은 글을 남겨둔다
나의 생은 미친 듯이 사랑을 찾아 헤매었으나
단 한번도 스스로를 사랑하지 않았노라

그 사람에게

—

신동엽

아름다운
하늘 밑
너도야 왔다 가는구나
쓸쓸한 세상 세월
너도야 왔다 가는구나.

다시는
못 만날지라도 먼 훗날
무덤 속 누워 추억하자.
호젓한 산골길서 마주친
그날, 우리 왜
인사도 없이
지나쳤던가, 하고.

오래된 사랑
—
이상국

백담사 농암장실 뒤뜰에
팥배나무 꽃 피었습니다
길 가다가 돌부리를 걷어찬 듯
화안하게 피었습니다
여기까지 오는 데
몇 백년이나 걸렸는지 모르지만
햇살이 부처님 아랫도리까지 못살게 구는 절 마당에서
아예 몸을 망치기로 작정한 듯
지나가는 바람에도
제 속을 다 내보일 때마다
이파리들이 온몸으로 가려주었습니다
그 오래된 사랑을
절 기둥에 기대어
눈이 시리도록 바라봐주었습니다

밤하늘에 쓴다
—
유안진

언제가 그 언젠가는
저 산 저 바다 저 하늘도 너머
빛과 어둠 너머

잘 잘못들 넘어
사랑 미움 모두 넘어

머언 머언 너머에서
처음처럼 마지막처럼
우린 다시 만날 거지요?!

안부
—
김초혜

강을 사이에 두고
꽃잎을 띄우네

잘 있으면 된다고
잘 있다고

이때가 꽃이 필 때라고
오늘도 봄은 가고 있다고

무엇이리
말하지 않은 그 말

마지막 사랑

—

장석주

사랑이란
아주 멀리 되돌아오는 길이다
나 그대에 취해
그대의 캄캄한 감옥에서 울고 있는 것이다

아기 하나 태어나고
바람이 분다

바람 부는 길목에 그토록 오래 서 있있던 까닭은
돌아오는 길 내내
그대를 감쌌던 내 마음에서
그대 향기가 떠나지를 않았기 때문이다

사랑이란
그렇게
아주아주 멀리 되돌아오는 길이다

사랑이란 아주 멀리
되돌아오는 길이다

사랑이란 아주 멀리
되돌아오는 길이다

나와 나타샤와 흰 당나귀

백석

가난한 내가
아름다운 나타샤를 사랑해서
오늘밤은 푹푹 눈이 나린다

나타샤를 사랑은 하고
눈은 푹푹 날리고
나는 혼자 쓸쓸히 앉어 소주를 마신다
소주를 마시며 생각한다
나타샤와 나는
눈이 푹푹 쌓이는 밤 흰 당나귀 타고
산골로 가자 출출이 우는 깊은 산골로 가 마가리에 살자

눈은 푹푹 나리고
나는 나타샤를 생각하고
나타샤가 아니 올 리 없다
언제 벌써 내 속에 고조곤히 와 이야기한다
산골로 가는 것은 세상한테 지는 것이 아니다
세상 같은 건 더러워 버리는 것이다

눈은 푹푹 나리고
아름다운 나타샤는 나를 사랑하고
어데서 흰 당나귀는 오늘밤이 좋아서 응앙응앙 울을 것이다

천장호에서
—
나희덕

얼어붙은 호수는 아무것도 비추지 않는다
불빛도 산 그림자도 잃어버렸다
제 단단함의 서슬만이 빛나고 있을 뿐
아무것도 아무것도 품지 않는다
헛되이 던진 돌멩이들,
새떼 대신 메아리만 쩡 쩡 날아오른다

네 이름을 부르는 일이 그러했다

이렇게 될 줄 알면서도
—
조병화

이렇게 될 줄을 알면서도
당신이 무작정 좋았습니다

서러운 까닭이 아니올시다
외로운 까닭이 아니올시다

사나운 거리에서 모조리 부스러진
나의 작은 감정들이
소중한 당신의 가슴에 안겨들은 것입니다

밤이 있어야 했습니다
밤은 약한 사람들의 최대의 행복
제한된 행복을 위하여 밤을 기다려야 했습니다

눈치를 보면서
눈치를 보면서 걸어야 하는 거리
연애도 없이 비극만 깔린 이 아스팔트

어느 이파리 아스라진 가로수에 기대어
별들 아래
당신의 검은 머리카락이 있어야 했습니다

나보다 앞선 벗들이
인생은 걷잡을 수 없이 허무한 것이라고
말을 두고 돌아들 갔습니다

벗들의 말을 믿지 않기 위하여
나는
온 생명을 바치고 노력을 했습니다

인생이 걷잡을 수 없이 허무하다 하더라도
나는 당신을 믿고
당신과 같이 나를 믿어야 했습니다

살아 있는 것이 하나의 최후와 같이
당신의 소중한 가슴에 안겨야 했습니다

이렇게 될 줄을 알면서도
이렇게 될 줄을 알면서도.

사랑

―

양애경

둘이 같이 가고 있는 줄 알았는데
문득 정신 차려 보니
혼자 걷고 있습니다

어느 골목에서 다시 만나지겠지
앞으로 더 걷다가
갈증이 나서
목을 축일 만한 가게라도 만나지겠지
앞으로 더 걷다가

뒤를 돌아보니
참 많이도 왔습니다

인연이 끝나고
계속 앞으로 걸어간다고
제자리로 돌아갈 수 있는 게 아닙니다
온 길을 되짚어 걸어가야 합니다

많이 왔을수록
혼자 돌아가는 길이 멉니다

시월에

문태준

오이는 아주 늙고 토란잎은 매우 시들었다

산 밑에는 노란 감국화가 한 무더기 헤죽, 헤죽 웃는다
웃음이 가시는 입가에 잔주름이 자글자글하다
꽃빛이 사그라들고 있다

들길을 걸어가며 한 팔이 뺨을 어루만지는 사이에도
다른 팔이 계속 위아래로 흔들리며 따라왔다는 걸
문득 알았다

집에 와 물에 찬밥을 둘둘 말아 오물오물거리는데
눈구멍에서 눈물이 돌고 돈다

시월은 헐린 제비집 자리 같다
아, 오늘은 시월처럼 집에 아무도 없다

무지개를 사랑한 걸
—
허영자

무지개를 사랑한 걸
후회하지 말자

풀잎에 맺힌 이슬
땅바닥을 기는 개미
그런 미물을 사랑한 걸
결코 부끄러워하지 말자

그 덧없음
그 사소함
그 하잘것없음이

그때 사랑하던 때에
순금보다 값지고
영혼보다 길었던 걸 새겨두자

눈멀었던 그 시간
이 세상 무엇과도 바꾸지 않을
기쁨이며 어여쁨이었던 걸
길이길이 마음에 새겨두자.

우표 한장 붙여서

천양희

꽃 필 때 널 보내고도 나는 살아남아
창 모서리에 핀 봄볕을 따다가 우표 한장
붙였다 길을 가다가 우체통이 보이면
마음을 부치고 돌아서려고

내가 나인 것이 너무 무거워서 어제는
몇 정거장을 지나쳤다 내 침묵이 움직이지
않는 네 슬픔같아 떨어진 후박잎을
우산처럼 쓰고 빗속을 지나간다 저 빗소리로
세상은 여위어가고 미움도 늙어
허리가 굽었다

꽃 질 때 널 잃고도 나는 살아남아
은사시나무 잎사귀처럼 가늘게 떨면서
쓸쓸함이 다른 쓸쓸함을 알아볼 때까지
험한 내 저녁이 백년처럼 길었다 오늘은
누가 내 속에서 찌륵찌륵 울고 있다

마음이 궁벽해서 새벽을 불렀으나 새벽이
새, 벽이 될 때도 없지 않았다 그럴 때
사랑은 만인의 눈을 뜨게 한 한 사람의
눈먼 자를 생각한다 누가 다른 사람
나만큼 사랑한 적 있나 누가 한 사람을
나보다 더 사랑한 적 있나 말해봐라
우표 한장 붙여서 부친 적 있나

별 · 1

나태주

너무 일찍 왔거나 너무 늦게 왔거나
둘 중에 하나다
너무 빨리 떠났거나 너무 오래 남았거나
또 그 둘 중에 하나다

누군가 서둘러 떠나간 뒤
오래 남아 빛나는 반짝임이다

손이 시려 손조차 맞잡아 줄 수가 없는
애달픔
너무 멀다 너무 짧다
아무리 손을 뻗쳐도 잡히지 않는다

오래오래 살면서 부디 나
잊지 말아다오.

사람이 그리운 밤
—
나태주

사람이
사람이
그리운 밤엔
편지를 쓰자

멀리 있어서
그리운 사람
잊혀졌기에
새로운 사람

하늘엔 작은 별이
빛나고
가슴속엔 조그만 사랑이
반짝이누나

사람이
사람이
그리운 밤엔
촛불을 밝히자.

빈손의 노래

—

나태주

1
가을에는 빈 뜨락을
거닐게 하소서.

맨발 벗은 구름 아래
괴벗은 마음으로
주머니에 손을 찌르고 들길을 돌아와
끝내 빈손이게 하소서.

가을에는 혼자 몸져 앓아누워
담장 너머 성한 사람들 떠드는 소리
귀동냥해 듣게 하소서.

무너져 내린 꽃밭 귀퉁이
아직도 분명 불타고 있을 사르비아꽃 대궁이에
황량히 쌓이고 있을
이국의 햇볕이나
속맘으로 요량해보게 하소서.

2
들판이 자꾸 남루를
벗기 시작하는데,
나무들이 자꾸 그 부끄러운 곳을
드러내 보이기 시작하는데,

내 그대 위해 예비한 건
동산 위에 밤마다 솟는
저 임자 없는 달님뿐이다.
새로 바른 문풍지에 새어나오는
저 아슴한 불빛 한 초롱뿐이다.

누군가의 어깨가 어둠 속으로 사라져가는데,
누군가의 발자국이 어둠 속에서 돌아오는데,

이 가을 다 가도록
그대 위해 예비한 건
가늘은 바람 하나에도 살아 소근대는
대숲의 저 작은 노래뿐이다.

아침마다 산에 올라
혼자 듣다 돌아오는
키 큰 소나무
머리칼 젖은 송뢰뿐이다.

3
애당초 아무 것도
바라지 말았어야 했던 걸 모르고
너무 많은 걸 꿈꾸다가
너무 많은 걸 찾아다니다가
아무것도 찾지 못하고 만
이제 또 가을.

문지방에 풀벌레 소리
다 미처 왔으니
염치없는 손으로
어느 들녘에 가을걷이하러 갈까?

허나, 더 늦기 전에
나도 들로 내려
드디어 낭자히 풀벌레 소리 강물된 옆에
실개천 물소리 되어 따라 흐르다가
허리 부러진 햇살이나
주머니에 가득 담아가지고
한나절 흥얼흥얼 돌아올거나.

오는 길에 그래도
해가 남으면
산에 올라 들국화 몇 송이 꺾어 들고
저승의 바닷비린내 묻어오는
솔바람 소리나 두어 마지기 빌려다가
내 작은 뜨락에
내 작은 노래 시켜볼거나.

봄밤
—
나태주

혼자서도 노래하고 싶은 밤입니다

누군가의 길고 긴 이야기
실연당한 이야기라도
듣고 또 듣고 싶은 밤입니다

당신, 없는 밤입니다

어디선 듯 문득 새로 돋는
달래 내음 애기 쑥 내음이라도 조금
번질 것 같지 않습니까?

한국문예학술 저작권협회

강은교, 〈사랑법〉

구재기, 〈상사화相思花〉

권달웅, 〈지상의 한 사람〉

곽재구, 〈희망을 위하여〉

김광섭, 〈저녁에〉

김수영, 〈사랑〉

김용택, 〈달이 떴다고 전화를 주시다니요〉

기형도, 〈질투는 나의 힘〉

나희덕, 〈천장호에서〉

도종환, 〈내가 사랑하는 당신은〉

박성룡, 〈바람 부는 날〉

박재삼, 〈첫사랑 그 사람은〉

서정주, 〈귀촉도〉, 〈내 영원은〉

송수권, 〈오월의 사랑〉

신경림, 〈가난한 사랑노래〉

신석정, 〈작은 짐승〉

안도현, 〈그대에게 가고 싶다〉, 〈우리가 눈발이라면〉

이성선, 〈사랑하는 별 하나〉

이정록, 〈더딘 사랑〉

장석주, 〈마지막 사랑〉

정호승, 〈이별노래〉

조병화, 〈이렇게 될 줄 알면서도〉

조지훈, 〈민들레꽃〉

	피천득, 〈편지〉, 〈달무리지면〉
	천양희, 〈우표 한 장 붙여서〉
	함민복, 〈선천성 그리움〉
	허영자, 〈무지개를 사랑한 걸〉
문학수첩	홍성란, 〈다시 사랑이〉
문학과지성사	문태준, 〈시월에〉
	이시영, 〈시〉
	황지우, 〈너를 기다리는 동안〉
서정시학	유안진, 〈밤하늘에 쓴다〉
시와시학	김초혜, 〈안부〉
실천문학	공광규, 〈아름다운 사이〉
문학사상	이해인, 〈우산이 되어〉, 〈민들레〉
푸른사상	한성기, 〈역驛〉
창비	이상국, 〈오래된 사랑〉
	양애경, 〈사랑〉
남북저작권협회	백석, 〈나와 나타샤와 흰 당나귀〉

※ 이 책에 수록된 시는 한국문예학술저작권협회, 출판권을 가진 출판사, 작가와의 연락을 통해 재수록 동의를 얻은 작품들입니다. 작품 이용을 허락해주신 분들께 감사의 말을 전합니다. 저작권자를 찾기 어려워 허가를 받지 못한 작품은 추후 연결이 되는 대로 적법한 절차를 거쳐 허가를 받도록 하겠습니다.

수록 시 출처

가슴속엔 조그만 사랑이 반짝이누나

1판 1쇄 인쇄 2018년 8월 13일
1판 1쇄 발행 2018년 8월 23일

엮은이 나태주

발행인 양원석 **본부장** 김순미 **편집장** 최두은 **책임편집** 이정미
디자인 RHK 디자인팀 남미현, 김미선 **해외저작권** 황지현 **제작** 문태일
영업마케팅 최창규, 김용환, 정주호, 양정길, 이은혜, 신우섭,
유가형, 임도진, 우정아, 김양석, 정문희, 김유정

펴낸 곳 ㈜알에이치코리아
주소 서울시 금천구 가산디지털2로 53, 20층 (가산동, 한라시그마밸리)
편집문의 02-6443-8827 **구입문의** 02-6443-8838 **홈페이지** http://rhk.co.kr
등록 2004년 1월 15일 제2-3726호

ISBN 978-89-255-6449-4 (03810)